기획의 말

그리운 마음일 때 'I Miss You'라고 하는 것은 '내게서 당신이 빠져 있기(miss) 때문에 나는 충분한 존재가 될 수 없다'는 뜻이라는 게 소설가 쓰시마 유코의 아름다운 해석이다. 현재의 세계에는 틀림없이 결여가 있어서 우리는 언제나 무언가를 그리워한다. 한때 우리를 벅차게 했으나 이제는 읽을 수 없게 된 옛날의 시집을 되살리는 작업 또한 그 그리움의 일이다. 어떤 시집이 빠져 있는 한, 우리의 시는 충분해질 수 없다.

더 나아가 옛 시집을 복간하는 일은 한국 시문학사의 역동성이 드러나는 장을 여는 일이 될 수도 있다. 하나의 새로운 예술작품이 창조될 때 일어나는 일은 과거에 있었던 모든 예술작품에도 동시에 일어난다는 것이 시인 엘리엇의 오래된 말이다. 과거가 이룩해놓은 질서는 현재의 성취에 영향받아 다시 배치된다는 것이다. 우리는 현재의 빛에 의지해 어떤 과거를 선택할 것인가. 그렇게 시사(詩史)는 되돌아보며 전진한다.

이 일들을 문학동네는 이미 한 적이 있다. 1996년 11월 황동규, 마종기, 강은교의 청년기 시집들을 복간하며 '포에지 2000' 시리즈가 시작됐다. "생이 덧없고 힘겨울 때 이따금 가슴으로 암송했던 시들, 이미 절판되어 오래된 명성으로만 만날 수 있었던 시들, 동시대를 대표하는 시인들의 젊은 날의 아름다운 연가(戀歌)가 여기 되살아납니다." 당시로서는 드물고 귀했던 그 일을 우리는 이제 다시 시작해보려 한다.

기획의 말

그리운 마음일 때 'I Miss You'라고 하는 것은 '내게서 당신이 빠져 있기(miss) 때문에 나는 충분한 존재가 될 수 없다'는 뜻이라는 게 소설가 쓰시마 유코의 아름다운 해석이다. 현재의 세계에는 틀림없이 결여가 있어서 우리는 언제나 무언가를 그리워한다. 한때 우리를 벅차게 했으나 이제는 읽을 수 없게 된 옛날의 시집을 되살리는 작업 또한 그 그리움의 일이다. 어떤 시집이 빠져 있는 한, 우리의 시는 충분해질 수 없다.

더 나아가 옛 시집을 복간하는 일은 한국 시문학사의 역동성이 드러나는 장을 여는 일이 될 수도 있다. 하나의 새로운 예술작품이 창조될 때 일어나는 일은 과거에 있었던 모든 예술작품에도 동시에 일어난다는 것이 시인 엘리엇의 오래된 말이다. 과거가 이룩해놓은 질서는 현재의 성취에 영향받아 다시 배치된다는 것이다. 우리는 현재의 빛에 의지해 어떤 과거를 선택할 것인가. 그렇게 시사(詩史)는 되돌아보며 전진한다.

이 일들을 문학동네는 이미 한 적이 있다. 1996년 11월 황동규, 마종기, 강은교의 첫번째 시집들을 복간하며 '포에지 2000' 시리즈가 시작됐다. "생이 덧없고 헐거울 때 이따금 가슴으로 암송했던 시들, 이미 절판되어 오래된 명성으로만 만날 수 있었던 시들, 동시대를 대표하는 시인들의 젊은 날의 아름다운 연가(戀歌)가 여기 되살아납니다." 당시로서는 드물고 귀했던 그 일을 우리는 이제 다시 시작해보려 한다.

불안은 영혼을 잠식한다

문학동네포에지 035

조용미 시집

불안은
영혼을
잠식한다

시인의 말

상처나 흉터는 우리가 그것을 다시 들여다볼 때
훨씬 더 고통스럽게 느껴질 때가 있다.

더 자세히 들여다보아야만 치유되는 아픔이나 상처,
나는 눈을 돌리지 않고
오래오래 그것들을 바라보았다.

지난가을, 떨켜에서 뚝 뚝
자유롭게 떨어져내리던 나뭇잎들을 기억한다.
이제 나도 그렇게 묵은 것들을 털어내려 한다.

두 사람을 생각한다.
고정희 선생님, 그리고 나의 아버지……
고인이 된 이 두 분께 첫 시집을 바친다.

1996년 4월
조용미

개정판 시인의 말

25년 만에 첫 시집의 개정판을 펴내게 되었다.

내 시의 출발점인 이 시집을 출간한 후부터
지금까지, 돌이켜보니
시 말고는 나에게 아무것도 없었던 것 같다.

사물의 곡직이나 명암보다 색채와 무늬에
더 세심하게 귀기울이게 되었다.

나는 좀더 자유로워질 수 있을까.

소멸하는 존재로서의 인간을 생각한다.
소멸해가는 순간에도
생의 의미를 찾아 부단히 노력하는
그 모색의 과정이 내게는 시쓰기일 것이다.

어떻게 사라져갈 것인가.

2021년 11월
조용미

차례

1부
몸의 어딘가에

나무가 되어

내가 라일락, 하고 부르면
말은 벌써 나무가 되어
그 자리에서 향내를 낸다

삼월이면 봉긋
연초록 싹을 가지마다 틔우고
스물두 해째 되는 해엔
감기 기운이 있는 하얀 꽃들을
구름처럼 피워올렸다

말의 향내로 그윽하게
차를 한잔 끓인다
찻잔에서 피어오르는
나무의 가지들, 펵 펵
입속에선 폭죽처럼
꽃망울이 터지고
몸안에서 무성하게 자라나는
가지 많은 라일락 나무

말 한마디로 나는
꽃나무가 되어
(말은 장난이 아닌데)
손바닥에 새집을 짓고
시늉처럼 서 있다

골목길

그것은 계시(啓示)였다

후미진 골목길을 돌아서면
비밀스러운 흰 페인트칠이
거뭇거뭇 벗겨진 담 사이로
한 사람이 겨우 지나갈 듯
폭이 좁은 구불구불한 골목길

십 원짜리 동전 같은 알루미늄 달이
적막한 구름 사이에
힘겹게 붙어 있던 지난밤

우리는 따닥따닥 이 부딪는
소리를 내며 골목을 더듬었고
골목 끝에는 늘 집이 있었다

집에 들어서면 골목은
저 혼자 사라지고
옹색한 겨울 햇살이 내리쬐는
아침에 그 땅은 막다른 길로
변해 있곤 했다

오가며 지나던
겨드랑이 속 창자 같은 골목길을

품에 안고 살아가는 우리
머리 위에 검게 드리워진
한 묶음 버드나무

청어는 가시가 많아

너의 뼈는 지독히도 형이상학적,
나의 조급한 식욕을 조롱한다
하지만 한쪽을 다 먹고
뒤집을 때 이미 나는 그대 뼈가
군데군데 쳐놓은 수많은 함정을
기교적으로 빠져나와 하얀
속살을 멋들어지게 젓가락으로
쏙 빼내어 먹는다

쉰 머리카락처럼 얇고 힘이 없는
이리도 많은 잔뼈 사이로
살점은 슬프게도 온통
바리케이드를 치고 있구나
얼마나 많은 그리움으로
짧은 생애 마쳤기에 이다지도
자디잘게 무수히 솟아 있는지

신비롭게 몇 번 들여다보았지
어깨 너머로 햇살 아래
빛나던 너의 푸른 비늘,
그대의 옷은 아름다웠다
밤바다에 가는 줄을 그으며
엷게 떠 있는 은빛 물결과
검푸르게 일렁이는 파도의

지난날들을 그대로 가지고 있던

프라이팬에서 그대 그리움이
수없이 익어간다
사람들이 식탁에서 당신을
결코 쉽사리 해치울 수 없다는
사실도 그대에겐 이미
아무런 위로가 되지 못할까

접시 위에 가시가 다 발린 채
누워 있는 너의 모습은
성자(聖者)처럼 거룩하다
정일이는 정어리가 되고
누구는 은어가 되고 싶다지만
누가 청어가 된다 하여
너의 푸른 이름 빛내어줄지

달력

저 여섯 장의 고정관념
푸르르륵
고정관념을 넘길 때면
새의 날갯짓 소리가 난다

허연 고름 같은 설경으로
기나긴 권태로움을 준비하고

필경 지난해이거나 더 지나
떨어져버린 개나리며 진달래가
배실거리며 거짓 웃음을
필사적으로 웃어댄다

그중 제법 싱그러운
숲속의 오만 가지 초록 나무들
(싱그러운 고정관념도 있다는 걸)

어디에고 쫓아와 인간들을
자기의 욕망으로 마구 찜질해대는
폭양과 넘실거리는 여름 바다

갑자기 무언가에 물들어
사상적으로 불온해지는
전국의 명산들이여

불쌍타!

마지막으로 제법 견고한
고정관념의 껍데기를 깨면
그 속에서 다시 나타나
펑 펑 쏟아져내리는

몸의 어딘가에

문득, 눈을 떴다
몸의 어딘가에 통증이
통증이, 눈앞의 펼쳐진 책을
고통스럽게 마주했던 순간밖에

믿을 수 없는 사실이다 허리에
누런 고름을 속옷에 찍어놓으며
짙은 분홍으로 솟아 있는 이것은
무엇인가 나도 모르게 돋아난
이것은 상처인가
나는 총에 맞은 짐승처럼
고개를 숙여 그곳을 들여다본다

그토록 짧아서 평화로울 수조차 없었던
이 한여름의 낮잠이
나에게 흉기를 휘둘러댄 것이다
그동안 잠속에 빠져 나는
어디를 다녀왔는가

나의 알리바이가 궁금하다
나의 알리바이는 곧 내 상처의
원인을 알고 있을 터인즉

잠깐의 졸음 후

고름 묻은 속옷을 걷어내고
낯선 환부를 들여다본다
상처는 낯설지만
이 명백한 통증은 나의 것임이
틀림없는데

바라본다

나는 바라본다
내부의 나를
하지만 늘 나의 내부에
내가 있는 것은 아니다
가끔 나는 의식의 바깥으로
즐거운 외출을 한다
나의 내부는 그것을 허락하고 있다

내부의 나는 내부 밖의 나를
바라볼 수 없다
나의 내부는 바라보는 행위를
할 수 없어 얼마나 외로울 것인가
그 외로움으로 나의 내부는
내부 밖의 나를 마구 흔들어댄다

내부 밖의 나는 나의 내부에 의해
강하게 지배된다
하지만 내부 밖의 나는
나의 내부를 바라볼 줄 아는
강력한 힘이 있다
그 힘으로 가끔 시를 쓴다

지금 나의 내부는 황폐하다
나의 내부가 내부 밖의 나를

지배하기 때문이다

놀이터에서

1

오늘도 친구의 편지가 배달되고
햇살 아래 머리카락이 더
노래진다
머리카락이여 너는 익어가는 것인가
시들어가는 것인가

놀이터에선 아이들이 마치
일하는 어른들처럼 열심히
놀고 있다 아이들은
미끄럼틀을 타고 내려오는 것이
아니라 거꾸로 매달려 악착같이
걸어 올라간다
저 아이들에게도 역설이
필요한 것일까 실낱같은 저항이
준비되어 있는 것일까

2

누가 나에게 풀을 먹여다오
생활에 물들어 쉽게
후줄근해지지 않게, 때 타지 않게
나의 심장에 머리카락에 풀을
먹여다오
칼날이 서듯 빳빳하게

희망은 언제나 단정한 것
풀 먹인 칼라의 모양을 하고 있다
그러나 때로 절망도
그렇게 위장하는 것을

놀이에 열심인 아이들을 바라보는
등이 굽은 마음 몇
긴 의자에 앉아 있다

놀이터에는 아이들이 주관하는
오후의 햇살이 그네 위에
시이소 위에 미끄럼틀 위에
모래알처럼 쏟아져내리고

저것은 꽃이 아니다

팔월의 땡볕 아래
쉰 냄새를 내며 타오르는 도로변의
축 늘어진 칸나의 무리들

코피를 뚝 뚝 쏟으며
서 있는 저것들은
꽃이 아니다
꽃잎을 태우며

불볕을 마주 빨아들이고 있다
아스팔트가 물컹 녹아내린다
좌석버스가 신호를 기다린다

자기 모습을 오래 보여주는
칸나가 불편하다

시골 마을의 뒷담이나 잘 다듬어진 정원을
배경으로 삼지 않은 그들이
나를 놓아준다

버스가 움직인다
꽃에 불이 붙는다

잠에서 깨어나면 물구나무를 서야 한다

잠

짧은 잠에서 깰 때면
에테르처럼 내 영혼이 빠져나갔다 오는 것을
나는 느낀다
완벽하게 낯선 얼굴을 들이미는 가구들,
거꾸로 서서 낄낄대는 욕망과 권태
그 잠깐을 참지 못해
식은땀이 나도록
세상을 위해 내가 물구나무를 서야 한다

후포

새벽 바다 곁에서
누가 홀로 쪼그리고 앉아
바다의 껍질을
희게 희게 벗겨내고 있다

시

직유는 애처롭고
은유는 비장해라

동화사에서

먹구름을 따라 불길하게 무리 지어 날아다니는
까마귀떼,
비 온 뒤 팔공산 전체를 온통 뒤덮고 있다
수만 장의 종이를 태워 재를
하늘로 날린 듯 새까맣게,
꼬불꼬불한 산길 따라 무작정
숲속을 파헤치며 오르는데
으악 으악
음산하고 적막하게 머리 위를 선회하며
악동처럼 울어댄다

산중턱에 오르자 매섭게 얼굴을 후려치며
나뭇가지에 맺힌 빗방울들을
투두두둑 떨어뜨리고 가는 차고 거센 바람,
바람이 거칠어지는 만큼 나의 호흡은
깊어지고, 소나무가 많아 겨울 산은 푸른데
붉은 솔가지며 떨어진 나뭇잎들
발길마다 수북수북 쌓여 있어 산은
속이 깊을수록 가을이다

대나무 숲으로는 아무도 들어갈 수 없다
동화사 뒤켠 산언덕에 빽빽하게 들어찬
짙은 초록의 장막,
그 속에 휘어진 대나무라니

(휘어질 줄 아는 저 곧은 마음)
어느새 한없이 작아진 내가
숲의 정령이 숨쉬고 있는 저
깊은 초록의 그늘 대숲의 비밀스러운 문을 열고
은밀하게 들어선다

바람에 댓잎 부딪는 소리를 들으며
산사를 내려오는데
등뒤로 가득한, 영혼의 뒷덜미 부여잡는
까마귀 울음소리
머리끝 조여오는 예감에 고개를 천천히 돌리는데
긴 한숨 내려 쉬는 산등성이에 걸린
음험한 구름이 다시 뚝뚝 떨어뜨리는
응고된 빗방울들,
젖은 땅이 두 다리 사이를 과속으로 달린다
소금기둥이 된 뒷덜미를 버려두고
내가 가야 할 길

허리에게

1

간유리로 된 창에
늦가을 정오의 햇살이
사각의 무늬 겹겹이 어룽거리며
내 방을 기웃거리는 오후

햇살이 바람에 움직인다
그때마다 무대 위의 조명등처럼
확대되었다 줄어들곤 하는 햇살의
환한 그림자도 누워 있는 나를
일으키지 못하고

2

비에 맞아 양철 소리를 내며
거리에 엎어져서 울고 있었네

석고로 만든 척추를 달고
고름같이 누런 달 품에 안고
나 여름내 비 맞고 다녔네

3

시시한 고통에는 해답이 없네
완전한 고통만이 그 고통을
구원할 수 있네

허리에서 풀 한 포기
스멀거리며 돋아날 내일

바람은

바람은
동사무소 앞마당의 단풍나무
붉은 손들을 이리저리 마구
흔들어대며 미친듯이 다가와

옥상에 쌓인 흙먼지
쓰레기 더미를 휘날리며
방금 감은 나의 젖은 머리카락 사이로
훅, 선득한 욕망을 불어넣고
뒤로 사라진다

윙윙 전봇대들은 위험하게
사거리로, 보이지 않는 산등성이 너머로
피를 말리며 전선을 뻗어 내리고
바람의 긴 손톱은 거리를
할퀴어 대기에 충분하다

골목에는 두 마리 어린 개가
바람이 부는 대로 뛰어다니고
갑자기 사람들이 보이지 않는다

그들은
저렇게 많은 지붕 속에서
문을 꼭꼭 걸어 닫고

저마다 환절기의 수도꼭지를 은밀하게
틀어막고 밤마다 무엇으로
머리를 감고 있는 것일까

바람은 골목을 휩쓸고
촬영이 끝난 세트장처럼 텅 빈
거리, 이렇게 황폐한 봄도 있다는 걸
꽃그늘 아래 있는 사람들은 모르리
아무도 밖으로 나오려 하지 않는
이상한 봄날

먼지의 힘

물을 마시려다 멈칫,
날벌레가 아닌가 들여다본다
물사발 위에
빤짝이며 떠 있는 이것은

후, 약한 입김에도
스케이트 선수가 되어
물 위를 미끄러져 간다

물그릇에 잠긴 불빛 위 몇 개
녹지 않는 눈의 결정체
자세히 보면 먼지도 아름답다

물을 마신다
목이 간질하다
몸으로 들어간 먼지는 내게
세상 바라보는 방법을 보여주고

물 위에 뜬 먼지를 마시고
개안이 된 마음으로 집을 나선다

포르노

재킷을 벗어 의자 위에 던진다
다음엔 블라우스의 단추를
하나 둘, 그다음엔
나비 레이스가 깊숙이 수놓아진 속옷을,
그리고 치마의 지퍼를
내린다

그래도 껍질이 남아 있다
드러낼수록 오리무중이다
더
벗길 수 없다

껍질 다 벗겨낸 말의
종아리와 맨발,
먼 길을 걸어왔다

양파의 껍질은 속이었고
바나나의 껍질은 겉의 속이었고
말의 껍질은
심지였다

저녁 시간

창이 있는 찻집은
늘 창가가 만원,
이십여 분을 기다려 어렵사리 차지한
창가에 앉아 바라본다

칼에 베인 상처처럼 선명하게
하늘을 갈라놓은 전깃줄 서너 가닥,
서울의 하늘은 둥근 법이 없어
빌딩들 언제나 예각의 모서리 곤두세우고
다른 접점을 찾아 두리번거리네
궁륭의 하늘 아래 서보고 싶어

슬며시 해가 지고 창 안에서는
모두 느긋한 표정인데
저 아래 달리는 약속들은 바빠 보여
건너편 길가의 공중전화 부스 속
수화기들이 떨거럭거리며 뛰어다니고 있네
동전들은 일렬로 줄을 서서
발을 구르며 앞 동전을 재촉하고 신호등은
일정한 간격으로 번갈아가며
우리 삶의 속도를 간섭 통제하는데
건널목에 선 우리들의 고질적인 사랑이
깜박이며 저물어가네

습관적으로
출입문 소리에 신경을 곤두세우는
약속이 없는 나는, 선로에 놓인
기차가 지나가주기만을 기다리는 것 외엔
다른 생각을 할 줄 모르는 침묵처럼
창가에 놓여 침묵을 괴고 있다

2부
첼로 주자를 위하여

불안은 영혼을 잠식한다*

보이지 않는 곳에서 누가
포도송이처럼 영글어가고 있는 나의 꿈을
뚝 뚝 떼어내며 웅크린 내 잠에
확 불빛을 쏘아대었다

어디선가 물 떨어지는 소리가 들리기 시작하고
어둡고 따스한 잠 속에 끊임없이 울려오는
무거운 물방울 소리들

신성한 외로움에 빠진 나의
둥근 영혼을 누가 불안하게 하는가

물이 주르륵 흘러내리고
아직 단단해지지 않은 머리가 먼저
으깨어진다 세상에 대한 불길한 나의 사랑이
누군가를 붉게 물들인다

* 라이너 베르너 파스빈더 감독의 영화 제목.

붉은 아이

아이가 피를 쏟는다
고행자가 의식을 치르듯
고개를 숙이고 엎드려 뚝, 뚝, 붉은 피를
이불 위에 흘린다

겁에 질린 기색도 없이 묵묵히
떨어지는 코피를 바라본다

여자는
아이가 말없이 엎드리고 있는 것이 이상해
다가가서 고개를 젖힌다
아이가 눈을 감는다

여자의 가슴에 온통 피가
얼룩져 스며든다 아이가 실눈을 뜨고
여자의 몸에 묻은
죄를 홍건하게 바라본다

여자가 오래 빈혈을 앓는다
여자 대신 흘리는 아이의 피는 붉다

첼로 주자를 위하여

카잘스의 대나무
로스트로포비치의 전나무
다닐 샤프란의 백양나무
피에르 푸르니에의 플라타너스
야노스 슈타커의 느티나무
미샤 마이스키의 회화나무
뒤프레의 메타세쿼이아
요요마의 버드나무
린 하렐의 측백
오프라 하노이의 이팝나무 사이에
하이모비츠의 사과나무와
장한나의 미선나무가 자라고 있는
거대한 첼로의 숲

내 손길이 바람을 만들면
현의 울림이 온 우주에 퍼지지
그러면 새들이 공중에서 잠시
숨을 멈추지

여름 새벽

주머니에 손을 찔러 넣고,
밤이 와도 불이 꺼지는 일이 없는
75병동의 긴 회랑을 지나
몽유병자처럼
밤새 병원의 여기저기를 헤매다니네
스르륵 스르륵 긴 옷자락을 끄을며

유리벽 너머 응급실에는 사람들이
무성영화에서처럼 울부짖네
환한 지옥이네
소리도 없이, 흐늘거리는 몸짓만을 끊임없이
비눗방울로 떠올리는 사람들
흰 모자를 쓴 여인들 눈을 뜨고 앉아
무슨 텅 빈 꿈을 저리도 열심히 꾸고 있나

텅 텅, 발자국 소리는 길게 복도를 울리고
계단을 내려와
복도의 기나긴 회랑으로 다시 이어지는데
저기, 불이 아직도 빨갛게 켜져 있는 공중전화
누군가 밤새 유령으로 떠도는 내게
신호를 보내고 있었나

엘리베이터가 멈춘 곳에서 층계를 밟아 올라
다다른 곳 거기, 여름 새벽이 있었네

숲에서 나무들이 있는 힘을 다해
새 한 마리를 뿜어올렸네
거기서 나는 들었지
침묵 속에서 새 한 마리가 끌고 가는
지상의 온갖 숨소리와 속삭임들을

어둠 속에 벨이 울릴 때

따르르릉

혼미한 꿈을 두 쪽으로 가르며
내려치는 소리의 벼락
그 벼락의 전언을 뚫고
어둠 속을 가로지르는 희미한 손

방에 고여 있던 점액질의 어둠이
새카맣게 타들어가고

딸깍
수화기 속으로 단내를 내며
떨어져내리는 빗방울 소리들
비가 듣는 어둠 저편에서 누가
망설이다
마음을 바꿔먹고 쓱 얼굴을

지워버린다 잠에서 깬 마음이
영문을 알지 못한 채
길 한가운데 불려 나와 있다

길

용서하고 싶은 사람이 있네
용서받고 싶은 사람이 있네

나는 너를 이렇게 그리워하고
너는 나를 아마 증오하고 그리워하고
우리는 서로 못 잊네
어떻게든 못 잊을 것 같네

그때는 네가 참을 수 없는 가해자였는데
지금은 내가 너의 참을 수 없는 가해자
그렇게 소중한 인연이 어긋났네

너와 나 한 하늘 아래 치를 떨며
그리워하며 살아가고 있네

무엇이 우리를 이렇게 만들었나
서로 간혹 생각하지만
생각만으론 결코 알 수가 없네

책벌레

책벌레도 책을 읽는가

창문 밖으로 커튼이 스르륵
빠져나가는 걸 보며
브람스의 클라리넷 5중주를 느슨하게
듣다가 책장을 넘기는데
무언가 움직인다!
광활한 한 페이지 사막을 건너는
낙타의 먼지 같은 발걸음

뭐 먹을 게 있다고
쓰레기통 속이나 싱크대 밑도 아닌
내가 펼쳐 든 책 안에,
그 작은 머리에 무어 집어넣을 게 있다고
날 보라는 듯,
이 한 권의 생이 너에겐
또 얼마나 불가해한 공포일까

안쓰러운 마음으로 바라보는
바람 부는 날의 책벌레

나뭇잎들

어느 날은
네가 있는 남쪽 어디쯤으로만 향해
나뭇잎들 소리 내며 흔들린다

오래된 편지를 들고
바람 부는 날의 여윈 나뭇가지들 아래로 갔다
나뭇잎으로 매달려 네게로
온 신경이란 신경 다 뻗치며

전화할 수 없고
편지 쓸 수 없다
환한 날 환한 시간에 문득
나를 찾아온 오래된 병

줄이 끝나는 곳에 길이 끝난다

새벽부터 쏟아져내리기 시작한 눈은 기차가 움직이자 갑자기 빠른 속력으로 차창에 사선을 그으며 내달린다 염천교 다리 위를 묵묵히 눈을 맞고 걸어가던 사람들, 어디를 가는지 알 수 없었다 그 위로 포물선을 긋고 지나가는 컴컴한 고가도로, 가끔 지나치는 우리 삶의 그 어디 위험한 높이쯤에서 시선을 잃은 사람들을 오늘따라 가득 태운 차들은 배터리가 다 되어가는 장난감 차처럼 느릿느릿 움직였고

철로변을 따라 길게 드러누워 거친 숨 내몰아 쉬고 있는 벌판과 뒤로 물러난 산이며 계단식 논과 몇 채의 인가가 수묵화로 펼쳐졌다 사라지고, 대전을 지나자 완전히 그치는 눈발

앙상한 빈 몸으로 모여 있지만 다행히도 내가 알아볼 수 있는 사과밭을 지금 기차는 지나고 있다 화원유원지행 버스를 타고 월배 지나 비포장도로 풀썩이며 달릴 때 차창으로 뻗은 사과나무 가지 잡으러 팔 내밀던 작은 손, 뽀얀 먼지 날리며 달아나던 과수원의 붉은 사과 알들 저렇게 말라비틀어진 줄기에서도 주렁주렁 매달릴 사과의 과육들, 까맣게 탄 나무젓가락으로 서 있는 국도변의 겨울나무들

가까이에서 전깃줄 여러 가닥이 시선을 길게 끌고 간

다 서울을 떠나면서도 줄곧 내가 끌고 가야 하는 이 무겁고 질긴 끈, 줄이 끝나는 곳에 길이 끝날 것이고 나는 그곳에서만 내릴 수 있으리라 멀리, 국도변으로 어린 여자아이가 분홍색 우산을 쓰고 선명하게 걸어간다 아포라는 초라한 간이역을 빠르게 지나가는 열차, 새마을호를 탄 이상 새마을에는 내릴 수 없다 삶의 가속도로 종착역을 향해 질주하는 열차, 를 멈추게 하고 싶다

숲에서 돌아오지 못하고

살이 시리도록 풋풋한, 온갖 풀내음으로
가득한 봄 숲에서
저릿저릿 대기를 흘러다니고 있는
나무의 기운에 온통 취해
숲속을 이리저리 헤매다니다가

은백양나무의 잎들이
어둠의 각질을 얇게 떠내고 있는 이슥한 밤이 되도록
강에서 홀로 떨어진 하적호(河跡湖)처럼
언덕에 쪼그리고 앉아
오래오래 초승달을 비추고 있었다

흐린 가을날

하늘이 흐리다
공기 속에 무엇인가 있다
얼굴을 콕 콕 찌르며 날아가는 이것은

집을 나서기 전엔 전혀
기미를 알아차리지 못하게 한
반가운 이 감촉
습기를 머금은 공기는 우리를
즐거이 숨쉬게 하고

고개 젖혀 하늘을 보아도, 땅에도
흔적이 없다 흔적 없는 즐거움으로
자유롭게 쏘다닌다
땅에 내리지 않고 사람에게 온다

날이 흐리고
말줄임표처럼 옆으로 날리는
뽀얀 안개비 몇 가닥
젖지 않는 가벼움에 몸 떠는 공기들

쓸쓸한 편지

귀용아 요즘 달이 너무 환해
불을 끄고 어둠을 덮으면
환한, 멀리 어디선가 불이 난 듯
높게 떠 있는
노랗고 붉은 유리창

도둑고양이의 등털미 같은 안개가 칙칙하게
낮게 깔린 서울의 위성도시에
둥근 얼굴로 적막하게 걸려 있는,
두드리면 깽깽 소리가 날 것 같은
저 달 좀 봐

구름과의 친화력으로
제 모습 감출 줄도 알아
저런 달빛 몇 가닥 내 척추에 숨어 있지
오늘밤 거리의 보도블록을 핥고 다니는
음험한 안개처럼
척추의 마디마디가 다 풀어져내려
나는 등뼈 없는 생선처럼 허옇게 떠
방바닥에 놓여 있다

바흐의 평균율이 삐긋이 열려 있는
창을 통해 달빛 속으로
빠져나가고 있는 것이 보여

붉은 창, 가만히 귀기울여보니
바스락바스락
빈방인 줄 알고 달빛이 흘러들어오는
소리가 들려 한 올 한 올 내 온몸을
위로하듯 쓰다듬어주는
……달빛,

햇볕 쬐기

늦가을 오후
잔디 넓은 곳에 앉아
햇볕을 쪼인다
머리카락은 따스해지고
햇살 끝에 묻어나는 하얀 먼지들

솜털은 굴광성 식물이 되어
햇살을 향해 일렁이고
따갑고도 부드러운 가을 햇살은
손등을 타고 흐르는 푸른 정맥 속
피의 입자들을 꿈틀거리게 한다

내 몸에 깔린 잔디는 잠시를
견디지 못해 고개를 치켜들고

손등에 난 솜털을 쓰다듬는
얕은 바람에도 이리저리
고개를 저어대는 오후
나는 온몸이 가려워

흔적

용주사 뒤뜰 정자나무 위
까치 한 마리,
저대로 정자나무 잎이 되어버렸나
정자나무에 붙박여
앉아 있는 건 내가 아니라 흔적,
이라고 말한다
양철 물고기가 노을을 바라고 있다

어떤 바람도 이 정적을 깰 수 없다

잎새를 위해

늦은 봄날
나뭇잎 잎사귀들이 투명해진다
사기그릇에 떠놓은 물이 그릇에
둥근 무늬를 그린다

목련나무 아래에 서면
여린 햇살에도
실핏줄 환히 다 드러내는
목련나무 이파리들 반짝이는 속이 보인다

그들이 흰 새의 깃털을
뚝 뚝 풀잎 위로 길게 떨어뜨리던 이른 봄날,
가장 낮은 곳으로 내려온
꽃잎들의 영혼을 누가 쓸어 담았나

이 집 저 집 기웃거리며 봄꽃들이
일제히 피어난다
처녀들이 오래 감기를 앓는다
그 모든 일이, 꽃도 열매도 아닌

낙지

꾸물텅 꾸물텅
단 한 번도 머리를 꼿꼿하고 지조 있게
세워본 적이 없지
늘 이게 아닌데, 아닌데
물 위를 향해 고개를 갸우뚱
온 다리를 버둥버둥

오징어가 가진
두 개의 가는 뼈를
가슴에 하얗게 심고 싶어

바닷속의 밑바닥 인생,
문어보다 귀족적인 오징어보다 날렵한
혁명을 꿈꾸며 질기게
꾸물텅 꾸물텅

에필로그

어디로 가는 것일까
짙은 어둠 속
꾸불꾸불 경사가 심한
숲속 길을 헤치고
남자는 차를 몬다

가끔 맞은편에서 내려오는
차의 헤드라이트 빛에
여자는 노랗게 시린 눈을
감는다 자정이 가까운 시간

숲으로 난 길에는 걸어다니는 사람이
없다 나뭇가지 위를 기어가는
벌레처럼 차들만 조심스레 한두 대
지나갈 뿐, 칠흑 같은 어둠 속에서
노란 길들은 금방이라도 끝날 것처럼
불안하게 펼쳐지고

남자가 갑자기 차를 돌려
세운다, 숲은 조용하다
여자도 남자도 말이 없다
남자가 헤드라이트의 불을 끈다
길이 없어진다
그들을 태운 차만이 어둠 속에

정적으로 놓여 있다

길 아래 검푸른 아카시아
나뭇잎 사이로 여자가 사는 도시의,
이제는 남자가 떠나야 할 도시의 집들이
저마다 온갖 불빛으로 반짝이는 것을
남자는 바라본다

갑자기 그들은 세상과 너무 동떨어졌다
……
남자와 여자가 만나기 전처럼

남자는 시동을 건다
노란 길은 다시, 치마를 펄럭이며
아래로 아래로 달아나고
남자와 여자는 숲을 내려가면서도
여전히 말이 없다

3부
내가 한 말들이

하관(下棺)

늙은 향나무 아래 눈을 감고 바라보는
세상은 웬일인지 향기가 없다
국화 다발들이 수런거린다
각이 진 하늘이 닫히는데
궁금한 누군가 보이지 않는다
혀를 차며, 깊은 표정으로 나를 들여다보는 사람들 틈에
당신이 영영 보이지 않는다
완전한 어둠에 들고서야 비로소
당신이 느껴진다

내 발치께 그가 서 있다 그가
순하고 따스한 피톨 한 삽을 곤고한 내 육신 위에
뿌린다 나의 침묵보다 더한 그의 침묵이
나를 덮는다
내 시린 삶을 여며주고 다져주는 저들의
후들거리는 다리
이제 죽음은 나의 것이 아니라 당신들의 것,
당신들은 잊히고 나는 오래 기억된다

해남을 떠나오며

그대를 솔밭 아래 버려두고 떠나오는데
비가 다시 내립니다 마음이 휘몰아칩니다
등뒤에서 그대 마음,
머리칼을 흔들어대며 불어옵니다
당신을 그러안고 해남 오는 길에
바람에 흔들리고 있는 처연한
한 무리 한갈퀴 꽃을 보았습니다

당신 위에 놓인 국화 송이에 얼굴을 파묻고
내내 얼굴을 파묻고,
가슴에 칼날이 박혀옵니다
얼굴에 노란 꽃물 들었습니다

한 삽 보드란 황토흙을 뿌렸습니다
그대 발치에서 봉분이 솟을 때까지
우두커니가 되었습니다
비가 쏟아집니다
어이없이 서 있는 사람을 대신하여
거센 빗방울이 있는 대로 머리를 후려치며
온 가슴 뼈 마디마디를 다 적셨습니다

밤늦도록 얘기 나누며 잤던
방문을 열고 들여다봅니다 방은
연한 어둠에 싸여 있습니다

찬물에 고양이세수를 했던 아침, 부엌을 지나 들어갔던
뒤란의 툇마루에 혼자 걸터앉아
당신 어머님이 애지중지 키우셨다던
동백을 바라봅니다
코를 박고 향기를 맡았던 천리향의
잎만 무성해진 줄기도 만져봅니다

당신의 남겨진 친구들을 가득 태운 버스가
움직입니다 당신이 주는 술인 줄 알고
받으라는 어느 시인이 따라준 소주에
벌겋게 충혈된 마음으로
해남 땅을 떠나오는데
빗방울이 초여름의 벼 포기들을 여물게,
여물게 적시고 있었습니다

수이푼강

강은 흘러만 가는 것이 아니라
그 모든 것을 쓸어간다
그러고도 남는 것, 그것은 추억인가

수이푼강, 그 슬픈 강에도 지금
비가 내리고 있을까
비가 내려 불어난 물살이
천년의 그리움으로 잠겨 있는 발해의 기왓장 한 조각을
또 어디론가 쓸어가고 있을까

강은 지나가기만 할 뿐이어서 그렇게도
아름다운가
그래서 강변에는 늘 추억의 이름으로
모든 것이 그리도 어지러이 뒹굴고 있는가

발해 군사들이 거란족을 피해 몸을 던졌다는 곳
수이푼, 그 슬픈 강
강은 몰락한 왕조의 마지막 사람들을 품에
안아주었고 천년의 흐름으로
그 쓸쓸함을 달래고 있다

고구려 유민들이 그들의 옛 땅에 세운 나라
그들의 벌판 같았을 삶을 생각해본다
어느 옛사람이 슬픈 강이라 이름하였던

수이푼, 그 강의 아래 잠긴 유적들……

아무도 그들을 기억하는 자 없는 낯선 땅에서
수이푼강이
천년의 세월을 거슬러 흘러가고 있구나
지금, 연해주의 어느 황량한 벌판에 비가 내리고
들풀이 무성하게 자라나고 있다

벽오동나무 꽃그늘 아래

새벽 네시
길 위에서 길을 잃고 서 있다
벽오동나무 푸른 정맥들
엉킨 속마음이 드리우는 그림자를 밟고
내가 서 있다
나무 그늘이 환하다

벽오동 꽃 어깨로 떨어지는
거미줄 위
길을 물을 데 없다
습기 가득한 새벽 공기 가르며
택시들은 씽씽 소리를 내며 질주한다

마음의 무거운 그늘 아래
꽃들이 진다

2월

상한 마음의 한 모서리를
뚝 뚝 적시며
정오에 내리는 비
겨울 등산로에 찍혀 있던 발자국들이
발을 떼지 못하고
무거워진다

응고된 수혈액이 스며드는
차가운 땅,
있는 피를 다 쏟은 후에야
뒤돌아보지 않을 수 있겠나
비의 피뢰침이 내려꽂히는
지상의 한 귀퉁이에
바윗덩어리가 무너져내린다
우듬지가 툭 끊어진다

겨울 산을 붉게 적시고 나서
서서히 내게로 오는 비

물속에서 고요했다

새벽에 깨어나 꺼내어 보는
오래된 기억의 이징가미들

움직임은 있어도
소리가 없다
물속, 그 깊은 고요

그 많은 것이 다
침묵 속에서 움직인다
침묵하지 못하는 것들
불쑥불쑥 기억의 밖으로
소리를 내며 솟아올랐다

세월의 키에 자꾸
발목이 걸렸다

돌이킬 수 없는 것들에 대해
함구했다 서로 변한 게 없다고
아무 일도 일어나지 않았다는 듯
우리는 또다시 모여
아픈 거짓말들을 주고받았다

아픔이 아픔을 지웠다
시간의 상처가 굳은살이 되어 박여왔다

검은 빌딩 사이로 까만 새 한 마리
휙 사선을 그으며 추락했다
그 모든 것들이
물속에서 고요했다

인간들

법정은 그에게 교수형을 선고했다
그때부터 그의 머리는 거북하게
그의 목 위에 붙어 있었다
누가 잘못 목을 돌리기라도 하면 빙그르르
완전히 뒤로 돌아가기라도 할 듯 그렇게
우스꽝스럽게 얹혀

머리와 몸이 따로 놀았다
생각과 머리가 따로 놀았다 그는
오로지 생선 대가리를 토막치듯 툭
자기의 목이 단번에 동강나주기를
간절히 목이 메이게,

드디어
그가 스스로 자기 목을 벨 때 난 상처에
소금을 뿌리듯 밧줄이 걸리고
오래 끊어질 듯 말 듯 가늘고 길게 이어지는
능욕의 시간
적요한 춤을 홀로 추다 멈추는 숨

인상을 쓰며 경건하게
그러나 두 눈은 꼭 뜨고 진지하게 구경하는
사람들
침을 꿀꺽 삼키며 누가 말한다

—그의 죄목은 자살이라네

내가 한 말들이

—칼이 멜론을 찌르나 멜론이 칼을 찌르나

다치는 것은 멜론일 뿐이다

어제 내가 한 말들이
파편이 되어 나를 찌른다
아침부터 가슴에 무수한 난도질을 당한다
내가 차려놓은 말의 성찬에
초대된 한 사람, 그는
차나 한잔 생각하고 왔다가
과식을 하고 돌아갔다
며칠을 소화불량으로 고생할 것이고

내가 내어놓은 것은 부드럽고 편한 음식이
아니었다 그가 생전 처음 맛보는,
처음에는 그윽한 내음이며 모양새가
입맛을 돋우었는데
목을 타고 들어가면서부터 그것은
너무 쓰고 아렸다, 목이 탔다
그는 계속 물을 마셔댈 것이고 속이 더부룩할 것이고
어쩌면 탈이 날지도 모르겠다

혓바닥에 선인장을 심는다

강진에서

천일각에서 넋 놓고
구강포를 바라다보다
다산이 풀섶을 헤치고 다녔을
백련사 가는 길로 접어든다

이렇게, 때죽나무 주렁주렁한 열매들을 젖히며
어린 벗 혜장을 찾아 나섰던 적도 있었을까
보랏빛 꽃잎 속 하얀 밥알들을
금세라도 떨어뜨릴 듯 며느리밥풀꽃들
지천으로 피어 있는 만덕산 등성이
좁은 산길 오를 때
구강포 앞바다에서 불어오는 바람은
유배객의 적요한 마음을 또 얼마나
쓰다듬어주었나

백련사 만경루에 앉아
햇살 휘황한 강진만을 내려다본다
차나무 잎
고요한 숨소리가 여기까지 들려온다

적거(謫居)

당신이 없는데 탱자나무에 꽃이 피었다
당신이 없는데 당신 사진이 웃고 있다
보리밭에 보리들이 술렁인다
당신 책상에 앉아 밤새 개구리 울음소릴 듣는다 당신 없이
걸어다닌다 술을 마신다 여행을 한다
돌아와서 나 혼자 우울한 음악을 듣는다
어쩌다 당신 이야기 하는 사람을 만나면
때려눕힌다

벽지에 탱자나무 흰 꽃이 사방연속무늬로 피어났다

비

당신이 내게 두고 간 것,
당신이 나에게 주고 간 것,
다 못 주고 간 것,
하려던 말줄임표 같은 말들을
나는 모른다

내가 당신에게 준 아주 사소한 것,
내가 당신에게 주어야 할 남겨진
그토록 많은 것들 위로

비가 내린다
사 년 동안 한 번도 그쳐본 적 없는 비가,
잠깐 날이 개일 때면 그사이에도
나는 비가 그리웠다

당신은 무덤에 아주 긴 풀들을 피워올리고 있었다

나는 잡초를 뽑았다
진득진득한 풀꽃이 팔목에 들러붙었다
수북하게 풀무덤이 옆에
또하나 쌓였다

적막한 방

마음이 지쳐 있는데
몸을 누인다
힘없이 누워 있는 마음을 위로하느라
손가락 하나 까딱하지 못하는 몸
두 무릎이 통증이 심한 가슴 가까이 올라와 있다

무릎과 가슴 사이의 빈 공간에서
쉬는 숨

속눈썹 안의, 제 아픔에 겨워 한없이 투명해진 눈
적막에 고인,
감겨지지 않는
길게 뜬 두 눈

탁자 위 유리 꽃병에 발을 담근 프리지어가
바삭,
마른 소리를 내며 한켠으로 기울어지는
전화벨이 길게 울리는
적막한 방

비는 다 내게로 왔다

비라는 비는 다 내게로 온다
소리보다 먼저 냄새로 온다

가는 비 내리는 새벽 거리를
접은 우산으로 보도를 두드리며 걷는다
사거리에서 불빛을 받으며 웅숭그리고 모여 있는
공중전화 부스
다이얼을 돌리기도 전에
신호음이 먼저 울렸다
불길한 밤이었다 전화 수리공이 어디론가
바삐 걸어가고 있었다

비의 내음과
지상으로 떨어져내리는 빗방울의 울림이
무슨 일인지
오늘은 다 내게로 왔다

수중 도시

장맛비 그친 후 개인 여름 하늘을
새털구름 낮게 흐른다
바닷속을 유영하는
물고기떼의 하얀 지느러미들

물에 잠긴 서울을 떠나
폭풍주의보가 내린 남쪽으로
길 내며 내려가는 물고기떼 따라
비를 몰고, 나를 몰아세우고

아틀란티스 가는 길, 잎 무성한
여름 나무들 징그러운
초록 몸뚱어리들이
뽀글뽀글 뿜어올리는 물방울들

거대한 수중 도시의
물살을 가르며 달리는 고속버스

사로잡힌 영혼

사람을 만나러
낯선 길을 찾아 나선다

마음의 심지가 자꾸
돋우어진다

4부
잎이 너무 많은 나무

달맞이꽃에 관한 기억

오래전에 평해에 갔었다
새벽 산책길에
바닷가 무덤 위를 떠도는
아주 작은 붉은빛을 보았는데
그것은 인광(燐光)이었다
해송림의 어둑한 그림자 사이로
언뜻언뜻, 바닷가에 묻힌 사람들의
혼불이 뛰어다니는 것을
해안도로를 걸으며
바라보았던가
달 뜨지 않은 밤의 어둠에 싸여
소나무숲 뒤로 고단한 몸을 뒤척이던 동해

그날 밤
민박집 앞길에서 만난
달맞이꽃을 처음인 듯, 꿈결인 듯
가만히 바라본 기억이 있다
달이 뜨지 않는 밤에도
피어 있는 달맞이꽃을

그가 누워 있다

마른가지 같은 손을
가슴에 얹고 그가
누워 있다
몸안 가득 만개한 암세포의 꽃들

봄이면 라일락나무
꽃그늘에 서서
가족들과 사진을 찍던 사람

오래전에 고향을 떠나
아무도 없는 객지에서
자식들 다 바쁜 틈에 홀로,

새털처럼 가벼워진 그가
이제 막
세상을 아주 버릴 때

그에게 찾아온 평화는
아무도 짐작할 수 없다

수중화

한 송이 이백 원
두 송이 삼백 원

물속에서도 그렇게 예쁜 꽃이 피는가
세상모르고

아현 전철역에서 본 그 꽃들을
아버지 내게 주셨다

도대체 그 꽃을 어찌했나
생각이 안 나 목이 메어
십 년도 더 지나

아시터 못방천에 서서
언 못물 속 물그림자만 바라보며

통일전망대

언 논에서 썰매 타는 아이들,
지게 지고 가는 노인,
지붕이 빨간 아파트,
텅 빈 공회당,
다시 썰매 타는 네 명의 아이를 오래
망원경으로
침을 꿀꺽이며

임진강과 한강이 만나
서해로 흘러간다
강물은 저렇게 아픔 없이도
섞이는구나 하나가 되는구나

임진강 건너 개성 쪽으로
월북(越北)하는 기러기떼

봄나물

우수 지난 날
아현시장 좌판 아주머니들 앞에
마당의 작은 꽃인 양 모여 있는 것들
달래 냉이 씀바귀 두릅 봄동
향긋한 내음이
두꺼운 외투를 들추고
오랜 겨울 겪고 있는 시든 마음에
막무가내로, 막무가내로

돌미나리 생취 죽순 돌나물 비름을
쪼그리고 앉아 들여다보면
오래전에 돌아가신 할머니 생각이 난다
냉이국 끓일까, 해물 다져 넣고
봄나물 전을 부쳐볼까, 초장으로
살짝 무칠까, 비닐봉지 안에서
나물들이 바스락거린다

봄나물이 지구를 슬쩍
들어올린다 마을버스가 갸우뚱한다
여릿여릿 세상 초록 것들
새순이 돋아난다

내 책상 위의 천사

화면 가득 짙푸른 바다와
옅은 하늘이 펼쳐 있다
그 앞에
두 팔을 벌리고 서 있는 한 여자의 뒷모습

아무도 없는 길 위에서
자기를 들여다보며
중얼거린다
—난 길의 감식가야, 평생 길을 맛볼 거야

외로운 영혼들은
전부
길 위에 있다

비눗방울

비눗방울을 날린다
크고 작은 것들,
아이는 비눗방울을 날리기 위해 태어난 듯
온 정신이 거기에 다 팔려 있다
담장을 넘어 옆집으로, 지붕 위로, 나뭇가지 위로
골목으로……
날아가다 그것은 꺼진다

아이 눈에 꺼지는 비눗방울은 없다
허망을 바라보는 것은 오직 나의 눈

내가 보지 않았더라면
누가 알았을까
저 비눗방울이 잠시 공중을 흔들어놓았다는 걸
저렇게 가벼울 수 있다면,
비눗방울은 그 속에 무엇을 가득 담고 있다
그래서 저리 가벼운 것이다

그 길

라일락 꽃그늘 아래
기대서서 바라보는 먼 하늘,
아직 피비린내가 난다

가는 고무호스가 목에 박혀 길게 이어져 있다
거기로 뚝뚝 떨어져내리던 초록물,
한동안 모든 불안이 그 소리 끝에 매달렸다

유리병 안에 고여 굳어가던 엄청난 삶의
분비물들, 냄새가 있었던가 코가, 마음이
있었던가 적십자병원에서 돌아오던 길

꽃그늘 아래에선 죽음의 냄새가 났다
인창의숙 지나 능안 오는 길
라일락꽃 지고 바람이 불고 비가 내렸다

부끄러운 봄볕을 받으며
덜거덕거리던 두 팔이 갈 데 없어 흔들리던 곳,
그때 다니고 한 번도 걸은 적 없는 길

그 집

라일락꽃이 피었을까 그 집,
책상 앞에 앉아 바라보던
꽃나무에 얹힌 뭉게구름 송이들
땅을 파며 지상으로 떨어져내리던 빗방울의 화음들
그 가벼운 추락,
세상의 모든 지붕과 나무를 다 적시고도
웅덩이와 시내와 강을 만들던 그 집 앞마당에 떨어지던
빗방울 맞고 싶다
해마다 봄 감기를 앓으며 누워 있던 집,
삐걱거리던 계단 낡은 마루 사이 가끔 쥐들이
몰려다니던,
아버지 사진 속에서 환하게 웃으시는

무반주 첼로

밖을 내다보는데
왜 자꾸 안이 들여다보이는가

한없이 내려가는 정신의 두레박,
너무 깊어 끝이 닿지 않는

아무것도 만져지지 않는다

저
겨울 산에 서 있는 나무들의 흰 뼈를
다 추슬러야 한다

이불을 뒤집어쓰면

이불을 머리끝까지 끌어당기면
내가 보인다
내가 남겨두고 갈 사람들이,
내가 쩔쩔맸던 아픔들이,
나를 잡아먹으려던 두통이

이불을 머리끝까지 덮어쓰고 있으면
세상이 엄숙해진다

덮은 이불 안에서
삶의 뒤통수를 칠 온갖 음모들이
한꺼번에 들끓는다 그러면
그 속에서 나는 여태껏 한 번도 그래본 적 없는
잔인한 미소를 지어보는 것이다

하얀 시트를 뒤집어쓰고 누워 있으면
세상이 보인다

직립(直立)

모든 인간의 불행은
직립에서 비롯되었다

두 발로 땅을 딛는
독신(瀆神) 행위를
서슴지 않고 하게 되면서부터

등뼈는 편할 날이 없었다
요통의 생이여

한 달 넘게 드러누워서도 오직
직립의 음모를 꾸미는, 두 팔을 다소곳이
땅에 내디뎌볼 생각조차 안 해보는

인간은 네발로 기어야 마땅하다

모든 장례식은 엄숙하다

북이 울리고
커다란 꽃상여가 멈추어 선다
상여를 지고 온 사람들은 만가를 부르고
그들만의 의식을 치른 다음
코끼리의 주검을 절벽 아래로 떨어뜨린다

쓰레기 더미 위에 떨어진
병들어 죽은 코끼리,
코끼리가 떨어지길 기다렸다가
벌떼처럼 모여들어 살점을 뜯어내는
배고픈 사람들

살점을 뜯긴 가벼워진 몸으로
하늘을 둥둥 날아오르는 코끼리를 보고
사람들은 바이올린을 켜고 춤을 춘다
흰옷을 입은 신부가 한켠에 누워 있다

저렇듯 엄숙한 장례식을 본 적이 없다

경도된 것들은 힘이 세다

바흐와 브람스에 경도된 나를
파가니니가 일깨웠고
첼로에 경도된 나를 대금이 일깨웠다

죽음에 경도된 나를 삶이 일깨웠고
요통에 경도된 나를 가끔
두통이 일깨워주었다

베르히만에 경도된 나를 파스빈더가
한영애에 경도된 나를 그가

나무에 경도된 나를 어쩌다 꽃들이
길에 홀린 나를 집이,
집에 갇힌 나를 길이
일깨워주었다

일깨운 것보다 경도된 것들의 힘이 더 세다

잎이 너무 많은 나무

저 나무는 십 년이
지났는데도 그대로이다
여전히
무성한 잎사귀를 달고 있다
나무 밑
그늘 아래 풀들이 파릇하다

신랑 신부가 그 아래에서
하얀 예복을 입고
그림같이 서 있다

저 나무는
잎이 너무 많아 무겁게
휘었지만
아주 많은 그늘을 가지고 있다

나도 이제 저 그늘 아래 한번 들어가보고 싶다

문학동네포에지 035
불안은 영혼을 잠식한다

초판 인쇄 2021년 12월 7일
초판 발행 2021년 12월 15일

지은이—조용미
책임편집—유성원
편집—김민정 김필균 김동휘 송원경
표지 디자인—이기준 신선아
본문 디자인—유현아
마케팅—정민호 김도윤
홍보—김희숙 함유지 이소정 이미희
제작—강신은 김동욱 임현식
제작처—영신사

펴낸곳—(주)문학동네
펴낸이—염현숙
출판등록—1993년 10월 22일 제406-2003-000045호
주소—10881 경기도 파주시 회동길 210
전자우편—editor@munhak.com
대표전화—031-955-8888 / 팩스—031-955-8855
문의전화—031-955-3576(마케팅), 031-955-8865(편집)
문학동네카페—cafe.naver.com/mhdn
트위터—@munhakdongne
북클럽문학동네—bookclubmunhak.com

ISBN 978-89-546-8394-4 03810

—잘못된 책은 구입하신 서점에서 교환해드립니다.
기타 교환 문의 : 031-955-2661, 3580

www.munhak.com

문학동네